Une souris g ___

À Mark avec amour. Merci pour toujours croire — K.B.

À ma maman, Eugenie — K.F.

Données de catalogage avant publication (Canada)

Burton, Katherine, 1963-
Une souris grise

Traduction de: One grey mouse.
ISBN 0-590-16023-0

1. Calcul - Ouvrages pour la jeunesse. 2. Couleurs -
Ouvrages pour la jeunesse. I. Fernandes, Kim. II. Titre.

QA113.B8714 1996 j513.2'11 c96-930544-3

ISBN 0-590-16023-0
Titre original : One Grey Mouse

Édition publiée par Les éditions Scholastic, 123, Newkirk Road, Richmond
Hill (Ontario) L4C 3G5, avec la permission de Kids Can Press

4 3 2   Imprimé à Hong-Kong   7 8 9\9

Une souris grise

Katherine Burton **Kim Fernandes**

Texte français de Cécile Gagnon

Les éditions Scholastic

1

Une souris grise
dans une maison noire

2

Deux chats noirs
sur un tapis orange

3

Trois serpents orange
dans un lac bleu

4

Quatre poissons bleus
dans un plat rose

5

Cinq cochons roses
aux perruques jaunes

6

Six abeilles jaunes
dans un arbre vert

7

Sept grenouilles vertes
sur un billot brun

8

Huit oursons bruns
dans un fauteuil blanc

9

Neuf canards blancs
dans un camion rouge

10

Dix escargots rouges
dans un seau gris

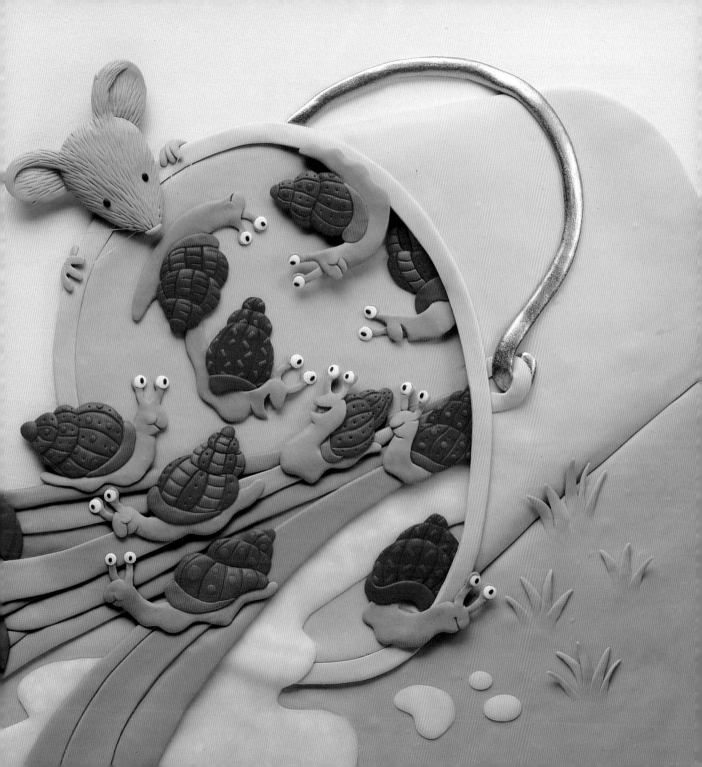